POÉSIES

DIVERSES.

POÉSIES
DIVERSES.

PAR

F. G. Berthaud.

Degeneres animos timor arguit. . . . . . .

LYON,
DE L'IMPRIMERIE DE FR. MISTRAL.

M. DCCC. XV.

AVIS

AU LECTEUR.

Oᴮᴸɪɢᴇ́ depuis long-temps à suspendre toute espèce d'étude, et ne pouvant pas prévoir quand ma santé me permettra de me livrer à la composition, je me décide à imprimer cet essai de mes forces.

Mon intention avait été d'abord de me faire connaître en littérature par un ouvrage de longue haleine en prose ou en vers. Je n'instruirai pas le public de la cause de ce changement de résolution.

Le dithyrambe est ma dernière composition; et

c'est la seule pièce qui me paraisse mériter l'attention du lecteur.

Les autres poésies, d'un genre plus facile, n'ont été que le délassement de travaux plus sérieux.

Lyon, le 24 avril 1815.

POÉSIES DIVERSES.

VERS (1)

A DELILLE.

Salut! chantre sublime et toujours vertueux,
    Qui, poussé d'un élan rapide
Au pénible sommet du Pinde radieux,
    As vu tes lâches envieux
Soumis par les efforts de ta muse intrépide;
Et de son pur éclat pâles admirateurs,
Frémir en bourdonnant des éloges menteurs;
    Salut! par ta noble présence,
Viens réjouir mes yeux et rassurer mon cœur
    Alarmé de ta longue absence.

---

(1) Cette pièce n'est pas écrite d'un style aussi châtié que la suivante, et je la fais imprimer contre la volonté de mes amis. Elle a été composée quinze jours avant la mort de Delille.

Nota. Il m'a été volé, ou j'ai perdu une copie de chacune de ces pièces, et je ne m'en suis aperçu que huit mois après avoir quitté Paris.

Non, l'ami qui retrouve au bout d'un long malheur
　　Le vieil ami de son enfance,
D'un charme plus touchant ne sent pas la douceur!
Que je te dois d'amour et de reconnaissance !

　　　Des fleurs qui brillent dans tes vers,
　　Ma jeune muse s'est nourrie,
Et chaque jour ta muse opulente et chérie
De ma muse indigente enrichit les concerts.
A tes jeunes amis rends quelquefois leur maître;
Echauffe dans leurs cœurs ces transports que fait naître
Le spectacle imposant pour leur œil étonné ,
D'un grand homme élevant au sommet de la vie
　　　Son front superbe et sillonné
　　　Par les traits brûlans du génie.

　　Eh ! sur ce front qu'en vain l'erreur voulut ternir,
Voyez-vous la vertu, sa compagne fidèle,
Mêler au doux espoir d'une vie éternelle
Le penser rayonnant de sa gloire à venir ?

　　　Qu'heureux est l'amant de la gloire
　　　Qui, jusqu'au temple de mémoire ,
　　　Elancé d'un sublime essor,
　　　A sa voûte resplendissante

Suspend d'une main triomphante
Son nom qu'il arrache à la mort!...
Hélas! comme une ombre légère
Passe et s'éclipse toute entière
Sans plus laisser de souvenir,
Sans rien laisser à cette terre,
Faudra-t-il tout entier mourir?...

Tout entier!... et d'un voile sombre
Le temps enveloppant et ma vie et ma mort,
Roulera sur mon nom, enseveli dans l'ombre,
Les siècles entassés et les siècles encor!...

Ah! plutôt croyons au présage
D'un songe qui toujours me flatte et me séduit.
Dieux! quel trouble charmant agita mon esprit
Quand je vis sa riante image!

Sur un nuage d'or, tout brillant de clarté,
Parut une divinité,
Dont la flatteuse voix animait mon courage;
Ses yeux brillaient d'un feu divin,
De sa bouche éloquente échappait un sourire,
Elle me flattait de la main,
Et soudain m'enflamma d'un aimable délire:
Suis, me dit-elle, tes projets,

Et, sans être effrayé jamais,

Suis, marche au but avec constance;

J'embellirai la route, et je suis l'Espérance.

Mon âme toute entière éprouvait son pouvoir.

Aussitôt elle m'offre un magique miroir,

Où, d'un regard avide, au bout de la carrière,

Je contemple brillant d'une vive lumière,

Le succès et la gloire exciter mes efforts.

S'il était vrai!.. grand Dieu! pour jouir de ses charmes

Mes transports indomptés braveraient mille morts;

Et, sans être ébranlé par de sombres alarmes,

Superbe, je rirais au visage assassin

D'un despote hideux de qui la sombre haine

Et la menace vaine

Se rompraient sur mon front d'airain.

Delille, c'est ainsi qu'affrontant la tempête

Que roulait des tyrans le bras dévastateur

Sur la France éperdue et pâle de terreur,

Altière, ta vertu soulève enfin sa tête,

Et des monstres cruels étonnant la fureur,

Ta voix foudroyante s'apprête,

Et déjà l'avenir a tonné dans leur cœur.

Il est un Dieu : lui seul est le maître du monde,

Lui seul il élève les rois,

Et, dans sa sagesse profonde,

Il les tient courbés sous ses lois.

Il est un Dieu : toujours des potentats coupables

Il poursuit les lâches forfaits :

Déjà la foudre gronde en ses mains redoutables,

Et vous ne tremblez pas, vils bourreaux des Français !

Son bras peut un moment, à la hauteur brillante

D'un trône par le crime et le sang acheté,

Suspendre votre cruauté

Sous le masque imposant d'une fierté constante ;

Mais bientôt de sa main puissante,

Arrachant ce masque imposteur,

Il vous étale à la terre tremblante

Couverts d'une hideuse horreur.

Pour venger l'univers, terrible en sa colère,

Il attache à vos pas des spectres effrayans,

Et la crainte farouche et les projets sanglans,

Monstres de qui l'aspect épouvantent la terre ;

Ils vous déchirent tous jusqu'au terme fatal,

Et vous traînant de crime en crime,

Vous poussent au fond de l'abîme
Avec un sourire infernal.

Tu disais.... Un coup de tonnerre
Frappant le trône et les tyrans,
Epura les cieux et la terre
Souillés de leurs souffles sanglans.

Mais, Delille, pourquoi sur les maux de la France
Plus long-temps arrêter ta mémoire et ton cœur,
Et pourquoi réveiller une longue douleur
  Qu'avait endormi l'Espérance?
  A l'ombre d'un repos heureux,
Achève lentement ta glorieuse vie,
Détourne tes regards de ta triste patrie,
Et que l'espoir encore accompagne tes vœux.
Ah! sur-tout de tes jours aujourd'hui plus soigneux,
Abandonne au loisir ta docile vieillesse,
  Ne va plus au sacré vallon.
  De Virgile dans ta jeunesse
Ta voix fit retentir le belliqueux clairon;
  Dans l'âge mûr tu nous rendis Lucrèce,
  Et dans l'âge de la sagesse,
  Au luth léger d'Anacréon,
  Tu fis redire une chanson

Pleine de grace et de souplesse.
C'est assez de lauriers, c'est assez de travaux.

Est-il bien vrai que, fuyant le repos,
Et trompant avec art l'inquiète tendresse
D'une épouse soigneuse à l'écarter de toi,
Ta muse doucement, tremblant qu'on la devine,
Mais toujours soumise à ta loi,
Vient t'inspirer à la sourdine,
Et de ses sons divins fait retentir ta voix?

A tes côtés qu'elle repose oisive,
Sans éprouver ni trouble, ni désir :
Assez long-temps elle a fait tes plaisirs.
D'alarmer notre amour aujourd'hui plus craintive,
Que tous ses soins ne servent désormais
Qu'à doucement caresser ta mémoire
Du souvenir de ses plus doux bienfaits :
Et si par fois, en rêvant à la gloire,
De ta muse, joyeux, je répète les airs,
Quand mon œil étincelle à ses mâles concerts,
Dans mon cœur que saisit une fureur nouvelle,
Qu'elle souffle un éclair de sa flamme immortelle,
Et l'inspiration d'où s'élancent tes vers!

F. G. BERTHAUD.

DITHYRAMBE

SUR

LA MORT DE DELILLE.

Degeneres animos timor arguit. . . . . . .

Dᴇ nos jours passagers que la trame est légère !
Comme elle se rompt sans effort !
L'homme, hélas ! un moment est debout sur la terre ,
Puis tombe à jamais dans la mort.

En vain une haute naissance ,
Et les trésors et la puissance ;
En vain le rang et la grandeur
Etalent sur son front orgueilleux de splendeur,
Le rayonnant éclat de leur pompe imposante,
La mort efface tout de sa main pâlissante.
Pour arracher leurs noms à son épaisse nuit ,

En vain les conquérans que la fureur conduit,
De leurs sombres pensers déroulant les orages,
Sur l'univers en deuil promènent les ravages;
Un moment, un moment en pompe ils sont traînés
Sur un char tout sanglant, épouvantable au monde,
Et les peuples muets, consternés, enchaînés,
Les contemplent rouler comme un torrent qui gronde :
Mais bientôt, plus puissans, et comme eux destructeurs,
Et le temps et la mort, géans dévastateurs,
          Pressant leur course vagabonde,
Brisent des potentats la superbe fierté,
Emportent les états, les peuples, les conquêtes ;
Et sur les conquérans, secouant les tempêtes,
Font crouler l'univers par leur chûte emporté,
          Et jettent dans la nuit profonde,
Ces conquérans tombans sous les débris du monde.

          Tel le Très-Haut lançait les démons révoltés ;
               Ils roulaient d'abîme en abîme,
          Et du trône brillant de la céleste cîme,
          Dans une immense nuit plongeaient précipités.

               Mais au vaste gouffre des âges,
               Quand l'univers court s'engloutir,

Impérissable, et bravant les naufrages,
  La vertu résiste aux orages,
  Et sur l'aile du souvenir,
Arrive triomphante au plus long avenir.
De ses bienfaits toujours on chérit la mémoire.
Mortels, de qui les noms aspirent à la gloire,
Qu'elle soit votre guide à la postérité,
Et rehausse toujours de sa mâle beauté,
  Le brillant éclat du génie.

  Qu'il est utile à sa patrie,
  Qu'il est grand l'homme vertueux
Dont les nobles travaux, l'auguste caractère,
Illustrent son pays en éclairant la terre!
  Tel on voit l'astre radieux,
  Qui, dans sa brillante carrière,
  Verse les biens et la lumière
  Sur l'univers qu'il rend heureux:
  Tant qu'il éclate au haut des cieux,
Le monde à ses rayons et s'anime et s'épure,
Un doux contentement réjouit la nature:
Mais à peine il éteint sa divine clarté,
Que, d'un lugubre deuil aussitôt rembrunie,

La nature muette a perdu sa gaîté,
Et morne, en sa langueur semble être recueillie.

Delille! astre brillant de notre poésie,
Ainsi de ton génie éclatait le flambeau,
Ainsi lorsqu'il s'éteint dans la nuit du tombeau;
    Je vois le deuil de ta patrie....

Ah! qu'un moment encor ta présence chérie
Fasse aimer à nos cœurs la vertu, la bonté....
Mais tu meurs!... et, cédant à sa sublimité,
Ta grande ame affranchie a déployé ses ailes,
Et brillante, s'élève à la Divinité.
Vois nos soupirs la suivre aux voûtes éternelles,
Déposer à tes pieds un tribut de douleur,
Et de nos cœurs pressés alléger le malheur.

Jamais, hélas! jamais à tes lèvres sacrées
    Ne puisa mon jeune Apollon;
Et timide, écarté par l'éclat de ton nom,
De bien loin il suivait tes traces adorées;
Mais toujours ramené vers l'objet de ses vœux,
Enfin il s'approchait; il allait être heureux,

Il touchait des beaux vers à la source fleurie,
Quand la mort affamée aussitôt l'a tarie....

Pour moi, dès aujourd'hui, plus de guide assuré.
Il est si rare, hélas! l'homme au cœur épuré,
Que, loin d'un noble caractère,
L'intérêt en rampant n'a jamais égaré,
Et qui, majestueux, au bout de sa carrière,
S'arrête; et rejetant ses regards en arrière,
Peut dire avec fierté dans l'élan de son cœur:
Je ne rampai jamais: inaltérable et ferme,
Constamment j'ai servi la vérité, l'honneur,
Et le remords jamais n'altéra mon bonheur;
Tranquille, de mon sort, je subirai le terme.

O toi, dont le grand cœur, armé de sa vertu,
Contre le vice infâme a toujours combattu,
Quand à des cœurs pervers un infernal génie
Soufflait l'affreux penser d'égorger ta patrie,
On a vu ton front pur, et noble avec candeur,
Sublime, traverser la ténébreuse horreur,
Qui, d'un voile sanglant, enveloppait la France,
Et du monde attentif effrayait la croyance.

uelquefois, solitaire, à l'abri des méchans,

ensif, et l'œil en pleurs, appuyé sur ta lyre,

es Français égarés tu plaignais le délire ;

    Et par des sons doux et touchans,

'efforçais d'amollir leurs farouches penchans.

oujours ton ame tendre a partagé leurs peines ;

    Et toujours fidèle aux Français,

ictimes de l'erreur et d'odieux excès,

Ta muse, sur leurs pas, vole aux plages lointaines

Offrir à leurs malheurs de généreux bienfaits,

Et de ses doigts divins elle allège leurs chaînes.

    Que ta vie aux mortels offre de nobles traits!

Et combien la vertu leur étale d'attraits,

Quand se joint à l'éclat qui toujours l'environne,

Des palmes d'Apollon la brillante couronne !

    Eh bien ! vers tant de gloire, et sur-tout de bonté,

L'Envie insolemment dressa sa tête affreuse,

Et ce monstre essaya vers ta sublimité

De pousser les poisons de sa bouche hideuse !

Vains efforts ! des hauteurs de ta célébrité,

Tu l'as vu tourmenté de fureur impuissantes,

De ses venins impurs nourrir sa cruauté,
Et mordre en se tordant ses couleuvres sanglantes ;
Tandis que sur le Pinde aux autels d'Apollon,
Savourant près du Dieu le nectar, l'ambroisie,
Des muses qui chantaient dans le sacré vallon,
Jusqu'à toi s'élevait la céleste harmonie.

Oh ! si las de souffrir de jaloux détracteurs,
Ton génie eût contre eux lancé ses vers vengeurs,
Trempés au fiel mordant d'une mâle satire,
Comme on eût vu leur front dans la phange plongé
Satisfaire au bon goût trop long-temps outragé,
Et des railleurs malins provoquer le sourire !
Mais trop puissant, trop fier pour t'abaisser à nuire,
De la gloire à grands pas tu montais le sentier,
        Et dans le fond de leur bourbier
    Sans être ému tu les laissais crier ;
Puis, d'un trophée encore embellissant ta muse,
Sa splendeur éclaira leur nullité confuse.

Tel on voit Jupiter aux célestes lambris,
Dans un tableau pompeux, œuvre du grand Homère
De la tourbe des Dieux abandonner les cris,
Et, puissant, dédaigner leur courroux éphémère :

Immobile, élevé sur le trône des airs,
De sa pensée immense il émeut l'univers;
A ses pieds tour-à-tour passent, roulent les mondes,
A ses pieds bruit la foudre et l'onde bat les ondes.

Mais les clameurs vaines des Dieux,
Le choc des élémens dans toute la nature,
Ne sont pour le moteur des cieux
Qu'un souffle, un faible et vain murmure.
Mais dès long-temps, sans jaloux, sans rivaux,
Honoré dans ta solitude,
Tandis que tu donnais à d'aimables travaux,
Et ton loisir et ton étude,
L'hymen et l'amitié s'unissaient tour-à-tour,
Et versaient sur tes ans leur plus douce tendresse;
Pourquoi donc aussitôt éteindre ta vieillesse?
Etais-tu las de voir le jour?
Ah! des ennuis profonds, une longue tristesse,
Peut-être déchiraient ton cœur trop généreux;
Des souvenirs trop douloureux
Peut-être de leur poids accablèrent ton âge....
Pour un être sensible, hélas! point de bonheur;
Toujours des maux présens;... et les maux qu'il présage,
Vers un sombre avenir étendent sa douleur.

2

Mais la tombe est le terme où s'arrêtent les peines,

La mort y dépose les chaînes

Qui pesaient aux tristes mortels,

Et leur ame, alors épurée,

Vole aux voûtes de l'Empyrée

Savourer des plaisirs réels.

C'est-là qu'une gloire nouvelle

Brille dans l'immobilité,

Et c'est-là désormais, près de l'éternité,

Que rayonnant des feux dont son trône étincelle,

Tu verras triomphante à la postérité

S'avancer et grandir ton immortalité !

ÉPITRE

A LÉGIER,

SUR SON MARIAGE.

Enfin, mon doux ami, l'hymen par de saints nœuds
D'un amour délicat a couronné les vœux ;
Par ses mains, Henriette est livrée à ta flamme ;
Et lorsque sur l'autel, dans l'élan de ton ame,
Ta voix jurait à Dieu de faire son bonheur,
Un serment aussi saint s'élançait de son cœur.
Bien aimer, tu le sais, est l'art de toujours plaire.
Heureux ! un jeune amant de qui le cœur sincère,
Pour la première fois brûlé d'un pur amour,
Obtient de son amante un amoureux retour !
Plus heureux, si l'hymen de sa main bienfaisante,
Sous les traits d'une épouse embellit son amante ;
Et si l'aile du temps attise encor l'ardeur
De ce feu qu'un soupir a soufflé dans son cœur :

Heureux! toujours aimé, près de quitter la vie,
Si, d'une main débile, il presse son amie,
Et sur elle arrêtant et son ame et ses yeux,
Il s'endort à jamais dans ses bras amoureux.

O toi, dont les vertus, par les graces ornées,
Font briller leur éclat sur tes jeunes années,
Ami, dont mon cœur garde un si doux souvenir
De ton heureux hymen, de ton sort à venir,
Ces vers sont la peinture et l'assuré présage;
D'une tendre amitié qu'ils soient encor le gage.

Tu le sais, dès long-temps instruit de tes projets,
Mes vœux unis aux tiens avançaient leurs succès :
Amant, tu crains encore, et cependant j'apprête
Et les flambeaux d'hymen et son auguste fête.
Je te couronne époux; et je vois tes enfans
Tour-à-tour soutenus dans tes bras caressans,
D'une langue novice et sur ton nom lassée
De leur mère à ton col bégayer la pensée.
Toi-même je te vois par leur grace attendri,
L'œil humide et fixé sur ce grouppe chéri,
Tressaillir, et douter sous les yeux de leur mère
Quels transports sont plus doux, ceux d'époux ou de père.

Ainsi, je me plaisais par ces tableaux touchans.
A flatter de ton cœur les amoureux penchans:
Ainsi, de l'avenir savourant l'espérance,
L'imagination t'ennivrait par avance,
De ce charme si pur, céleste volupté,
Dont ton ame à longs traits boit la réalité.

Sur ce sujet brûlant j'échaufferais mon style,
Ami, si des jaloux je ne craignais la bile :
N'entends-je pas déjà certains bourrus maris
Me crîer : « Beau rimeur, qui vous a donc appris
« A connaître l'hymen, une femme, un ménage ?
« Avez-vous comme nous tâté du mariage ?
« Pourquoi donc en grands mots nous vanter les appas
« D'un état, qu'après tout, vous ne connaissez pas ?
« Peut-être on vous croirait, si, durant une année,
« Vous aviez, sans broncher, supporté l'hyménée.
« Espérez-vous nous plaire ? Epargnez-vous ce soin.
« L'hymen est tout charmant pour qui le voit de loin.
« Mais nous qui le servons, vous dirons sans satire :
« Heureux qui sur ce point n'est savant qu'en ouï-dire !
« Cessez donc de railler : il n'est pas d'un bon cœur
« Aux yeux des malheureux d'étaler le bonheur. »

Eh! Messieurs! sans railler un mot vous peut confondre;

A mon tour j'interroge, osez donc me répondre :

Avant de vous unir par des liens sacrés,

Dites, quels biens par vous ont été préférés?

Les vertus au brillant, l'amour à la richesse?

Ou l'éclat aux vertus et l'or à la tendresse?

Durant un lustre entier vous voyant chaque jour,

Chaque jour dans vos cœurs accroissait-il l'amour?

Des moyens de vous plaire aviez-vous fait l'étude?

L'amour n'était-il plus en vous qu'une habitude?

Vous vous taisez! J'entends.... Avant de me blâmer,

Il fallait me comprendre et vous bien estimer.

Etre heureux en ménage est chose difficile.

Et pour un qu'on admire, il en faut plaindre mille.

Il est vrai; mais où donc m'a-t-on vu soutenir,

Qu'hymen et le bonheur savent toujours s'unir?

J'ai pu, d'un ami vrai, prisant le caractère,

Présager son bonheur, sans être téméraire.

Oui, tu seras heureux, et j'en ai pour garant

Ta bonté, ton cœur droit, ton esprit patient.

« Patient!... par ma foi, ce terme en mariage

« Sent un peu la satire, et me semble un outrage.

« Qu'est-ce-à-dire, pour femme ai-je pris un démon,

« De son humeur chagrine attristant ma maison;

« Boudant, grondant toujours son mari, sa servante,
« Et du repos d'autrui sans cesse mécontente ?
« Ma femme à la raison joint la plus douce humeur,
« Et son esprit jamais ne fait tort à son cœur.
« En nobles sentimens sa belle ame est féconde,
« Sans art elle séduit et charme tout le monde ;
« Et simple dans ses goûts, modeste en ses désirs,
« Me plaire est son étude et ses plus doux plaisirs ;
« Folâtre en sa tendresse, elle est ardente et sage ,
« Et l'aimable enjoûment brille sur son visage.

« Voilà de mon bonheur un bien plus sûr garant,
« Que celui présenté par ton vers peu galant.
« Crois-tu que de ces dons la longue jouissance,
« Doive, par sa douceur, lasser ma patience ? »
Mais toi, ne sais-tu plus qu'un mot mis de travers
Ne se reprend jamais lorsqu'on termine un vers ;
Que contre sa pensée un poète s'exprime
Quelquefois par paresse , et souvent pour la rime ?

Mais, après tout, ce mot qu'a-t-il donc d'outrageant ?
Quelle femme s'est plaint d'un mari patient ?
Crois-moi, la patience est de mise en ménage ,
Elle est utile à tous, en tout temps, à tout âge ;

La femme est comparable au brillant précieux ,
Variant les trésors qu'il étale à nos yeux ;
S'il peint de mille objets les couleurs éclatantes,
Elle plait sous l'éclat de cent formes charmantes.
Entraînés doucement par ce charme vainqueur ,
Au gré de ses penchans varions notre humeur ;
La plus aimable abonde en aimables caprices,
Et sans eux, des plaisirs se fânent tes délices.
Ah! ne les blâmons pas!... Il en est de si doux,
Qu'ils ennivrent d'amour et l'amant et l'époux ;
Sachons donc en jouir sans cesser d'être sage,
Et songeons des plaisirs en variant l'usage,
« Que si l'ennui naquit de l'uniformité, »
Les attraits pour leur mère ont la variété.

ENVOI.

MALGRÉ tous ses défauts, je n'ai pas le courage
Vingt fois sur le métier de remettre l'ouvrage ;
Reçois-le donc, ami , tel qu'il est mal ou bien ;
Car s'il fallait polir, il n'y resterait rien.
        Quand un amant à sa bergère
        Offre une rose, offre une fleur,

Ce don simple comme son cœur
Est toujours assuré de plaire;
Le cœur est tout dans un présent,
Il enrichit la moindre chose,
Et c'est un trésor que la rose
Offerte par un tendre amant.

De même en t'adressant l'Epître,
Qu'en paresseux sur mon pupître,
Je cadençais sur ton bonheur,
Je te compare à la bergère
Acceptant d'une main bien chère
Un bouquet offert par le cœur.

VERS

A UNE DAME,

QUI M'AVAIT ACCOMPAGNÉ SUR SON PIANO.

—

C'EST vous dont la délicatesse
Séduit et prévient tous les cœurs ;
Vous dont la voix avec souplesse
Module des sons enchanteurs ;
Qui m'avez appris à redire
Ces couplets qu'en remercîment
Vous offre un cœur reconnaissant.

Je voudrais, en les présentant,
Toucher si mollement ma lyre,
Que, formé des plus doux accords,
Un compliment né sans efforts,
Vînt vous arracher un sourire.
Mais on dit, et chacun le sait,

Qu'un compliment en vers, en prose,
Alors qu'il est fin et bien fait,
Exprime aisément ce qui plaît,
Même en semblant dire autre chose.
On dit qu'il charme en se voilant;
Que sa tournure est plus piquante;
Mais qu'il sait prendre cependant
Par fois une forme brillante :
Telle en vous l'amabilité
Revêt dans la société
Les traits d'une femme charmante.

On dit encore (et que n'a-t-on pas dit?)
Qu'il faut avoir pour les bien faire
Du goût, du sens et de l'esprit,
Sans quoi l'on s'expose à déplaire.
Si cet *on dit* n'est pas menteur,
Pour moi le parti le meilleur
Assurément c'est de me taire;
Et faisant trêve au compliment,
Je vous en promets un galant,
Si vous me prêtez pour le faire
Votre esprit et votre enjoûment.

VERS

A MON AMI LITTARDI

SUR L'IDYLLE DE GESNER,

DAMON ET PHILIS.

———

Entre nous est-il bien possible
A l'amant en bonne santé,
D'être au sein de la volupté,
Toujours si froid et si paisible !
Crois-moi, c'est la chose impossible :
Et dans les bras de la beauté,
Pour peu qu'on ait le cœur sensible,
Qu'on ait de la vivacité,
Malgré tout on est emporté
Par un attrait irrésistible :
Vouloir le vaincre est cruauté ;

Et quand Philis, jeune et jolie;
Dans le plus piquant abandon,
S'écrie au trop heureux Damon:
Becquète ta fidèle amie;
Elle veut dire à son berger,
Imite en tout ces tourterelles,
Sois toujours amoureux comme elles,
Et garde-toi d'être léger.
Il dut comprendre à ce langage,
Que lui parlait aussi son cœur,
Qu'on accorde peu par pudeur;
Mais qu'on peut oser d'avantage.

VERS

FAITS A ERMENONVILLE.

Séjour champêtre, aimable asile,
Ton silence tranquille
Aux souvenirs touchans sait disposer un cœur,
Et de ses passions lui dérobe l'erreur.
Heureux, près d'un ami, d'une amante chérie,
Celui qui, maître de son sort,
Peut, dans ces lieux, en attendant la mort,
Suivre le cours d'une paisible vie....
Hélas! en vain dans ce parc enchanteur,
Malgré ces près, ces eaux, cette verdure,
Rousseau, l'ami de la nature,
Que dans ces bois escortait la douleur,
Poursuivait le repos qui fuyait de son cœur....
Malheur à l'être aimant de qui l'ame est trop tendre :
Sans jamais trouver le bonheur,
Qu'il aura de pleurs à répandre !

VERS

A UNE DEMOISELLE DE DOUZE ANS.

———

Brillante fleur que chaque aurore
Voit croître et toujours s'embellir,
Puissiez-vous conserver, aimable enfant de Flore,
Cet éclat du matin sans jamais vous flétrir!
Ah! puisse sur-tout l'innocence
Etre pour votre cœur le souffle du zéphir,
Aux plaisirs doux et purs le faire épanouir,
Et prolonger en vous le calme de l'enfance.
Que les premiers élans de ce cœur ingénu
Soient tout entiers à la reconnaissance :
Pour ceux qui l'ont formé tendrement prévenu,
Qu'une amoureuse complaisance
De leurs soins assidus fasse la récompense :
Il est né tendre, et connaîtra l'amour.

Heureux! qui le premier le fera battre un jour
   Aux accens de sa voix touchante!
Heureux!... Mais où m'emporte une muse imprudente
Dont la brûlante voix a redit mes transports?
L'innocence, alarmée à de pareils accords,
Les yeux baissés, rougit d'un trouble qu'elle ignore;
Souviens-toi, Muse, alors que tu chantes pour Flore
De choisir d'heureux sons aussi purs que son cœur.

  Je veux qu'un jour, approuvant le langage,
  Que dans mes vers a parlé la pudeur,
  Sans déplaisir elle songe à l'auteur,
  Et dise encore : « Ami de mon jeune âge,
  « Il respecta ma naïve candeur;
  « Sans rien prétendre il m'offrit son hommage,
  « Et son encens présenté par l'honneur,
 « Délicat comme lui, ne fut jamais menteur. »

AU GAZON

FOULÉ PAR JULIE.

Salut! témoin de mes plaisirs,
Arbre touffu, propice à ma tendresse,
Toi, dont l'ombrage aimé de ma maîtresse
La vis, en combattant, céder à mes désirs :
Salut!... Et toi, qui reposas ses charmes,
  Gazon chéri qu'elle a foulé,
En te voyant si mon cœur est troublé,
Si je soupire en proie à mes alarmes,
Rappelle-toi ce soir du plus beau jour,
  Qui jamais coula sur ma vie,
  Où, transporté, brûlant d'amour,
  Je triomphai de ma Julie....
Et ne t'étonne plus, délicieux séjour,
Si jusqu'aux pleurs mon ame est attendrie.

ÉPIGRAMME.

Cette Épigramme est contre un Journaliste qui, lors de la mort de Delille, fit imprimer quelques vers dont le sens était : « Que de même que Delille avait traduit les Œuvres de Virgile, de même il traduisait sa mort. »

Quand tout Paris en deuil au tombeau vit descendre
De Delille défunt la poétique cendre ,
Galimat s'écriait, dans un dolent transport :
Messieurs ! consolez-vous, Delille n'est point mort,
Il n'est point mort, vous dis-je, et désormais tranquille.
    Il traduit la mort de Virgile.

AUTRE.

Auprès de la piquante Elise,
Damis entraîné l'autre jour,
Brûlait de lui parler d'amour;
Mais voyez un peu sa sottise :
La belle aurait séduit les dieux,
Sa voix était douce, éloquente,
Des éclairs brillaient dans ses yeux;
Enfin Elise était charmante.
Vous allez croire que Damis
D'un accent brûlant ou soumis
Fit le tendre aveu de sa flamme,
Ou qu'à genoux, près de la dame,
Au moins il lui baisa la main ?
Du tout.... Et que fit-il donc?... Rien.

Après avoir inutilement sué pour concilier deux lois romaines ; fatigué de la lecture de nombreux et ennuyeux Commentateurs, je m'abandonnai à mon imagination qui me peignit, sous de bien laides couleurs, tout le fatras de la chicane ; et dans un accès de dépit, je fis les vers suivans :

Insensé ! fuis ces lieux, crains l'art de l'imposture,
De ton ame naïve il ternit la candeur.
Pour ne jamais errer, suis toujours la nature :
Tes devoirs et tes droits sont écrits dans ton cœur.

STANCES.

Voyez-vous cette fleur chérie,
Heureux symbole de pudeur,
Incliner sa tête embellie
D'une aimable et douce rougeur?
Heureuse à l'ombre tutélaire,
Sans trouble elle entend le zéphir
La flatter d'une aile légère,
Murmurant un tendre désir.

Thémire au matin de son âge,
Plus fraîche encor que cette fleur,
S'élève ainsi loin de l'orage,
Et s'embellit par la candeur.
Auprès d'une mère attentive
La paix pour elle est le plaisir ;
Ignorant sa grace naïve,
Elle irrite encor le désir.

Tranquille au sein de l'innocence,
Thémire embellit tous les jours,
Et sa beauté dans le silence
Prépare un triomphe aux amours.
Ah! goûtez bien, jeune Thémire,
Goûtez bien ce calme du cœur;
Hélas! quand notre cœur soupire,
Ce n'est pas toujours le bonheur.

FIN.

FAUTES A CORRIGER.

Page 23, vers 16, lorsqu'on, *lisez* lorsqu'il.
Page 24, vers 8, tes, *lisez* les.

www.ingramcontent.com/pod-product-compliance
Lightning Source LLC
Chambersburg PA
CBHW060846180626
46818CB00004B/1608